Escrito por Donna Malane

Fotografía de Cam Feast

Pacific Learning

Índice

Página

1. ¿Quién es Berta?

"Hipopótamo" es un nombre muy grande para un animal muy grande. Pero este hipopótamo tiene un nombre bastante corto: Berta.

Berta es un hipopótamo hembra.
Y aunque vive en la casa de Sheila,
no es un animal doméstico.

Se dice que los hipopótamos son
los animales más salvajes de África.
Pero Berta tampoco es un animal salvaje.

Se podría decir que Berta es un animal doméstico, porque vive y convive con la gente. Pero por otro lado, sigue siendo un animal salvaje, porque es muy grande como para que una persona la controle.

Berta tiene una cabeza enorme, una boca muy grande y dientes tan largos, que parecen **colmillos.**

El cuerpo de Berta tiene forma de **barril**. Su piel se parece a los neumáticos de los automóviles.

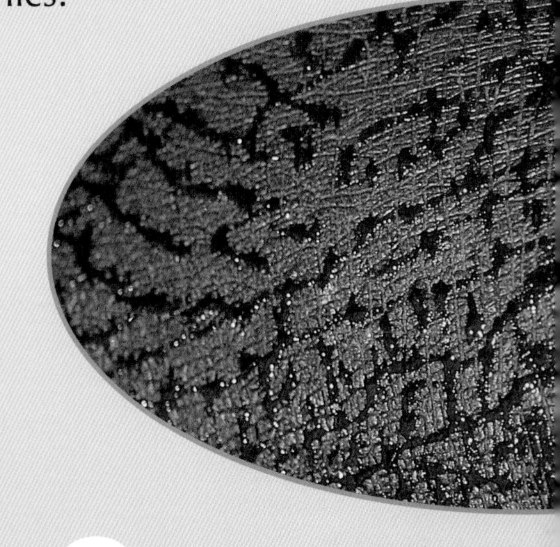

Las piernas de Berta son muy cortas,
pero te sorprendería verla correr.
Los hipopótamos pueden correr
a una velocidad de hasta 30 millas (50 km)
por hora, casi tan rápido como los coches
que circulan por las calles de la ciudad.

En cada pata tienen cuatro dedos
con pezuñas, o sea uñas muy gruesas.
¿Te imaginas qué difícil sería cortarle
las uñas a un hipopótamo?

Berta pesa $1\frac{1}{2}$ toneladas.

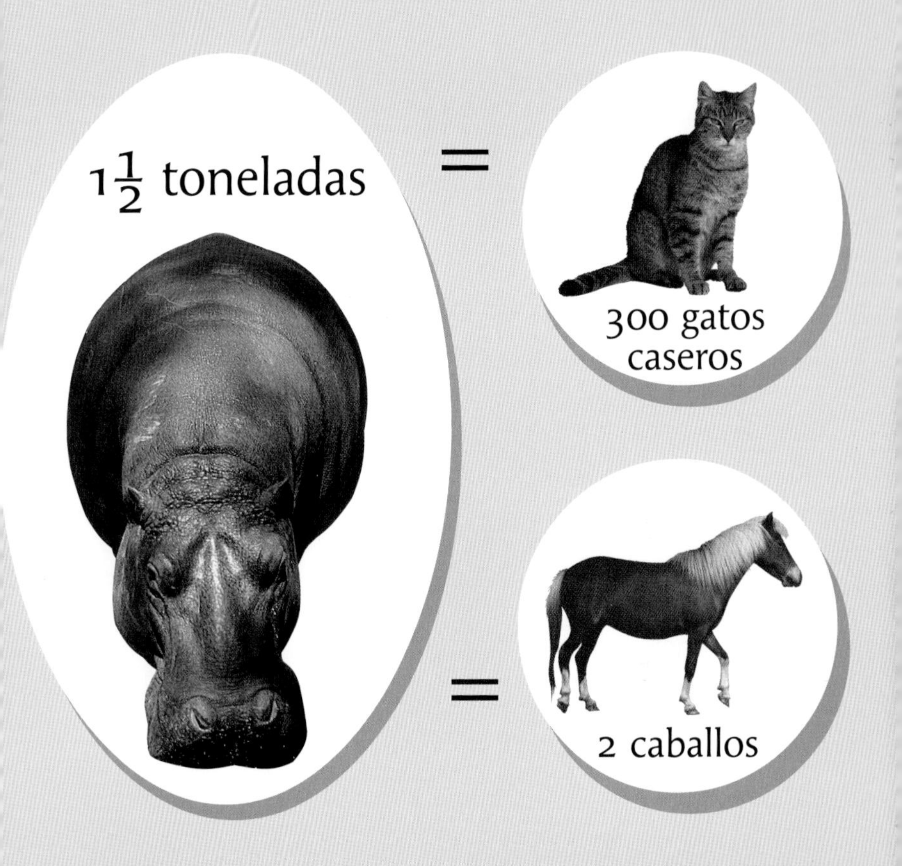

¿Cuántos niños juntos pesarían lo mismo que pesa Berta?

2. El estanque de Berta

Berta vive a orillas del Río Kafue en Zambia, África.

Como todos los hipopótamos, necesita estar mucho tiempo sumergida en el agua para que su piel no se queme con el Sol.

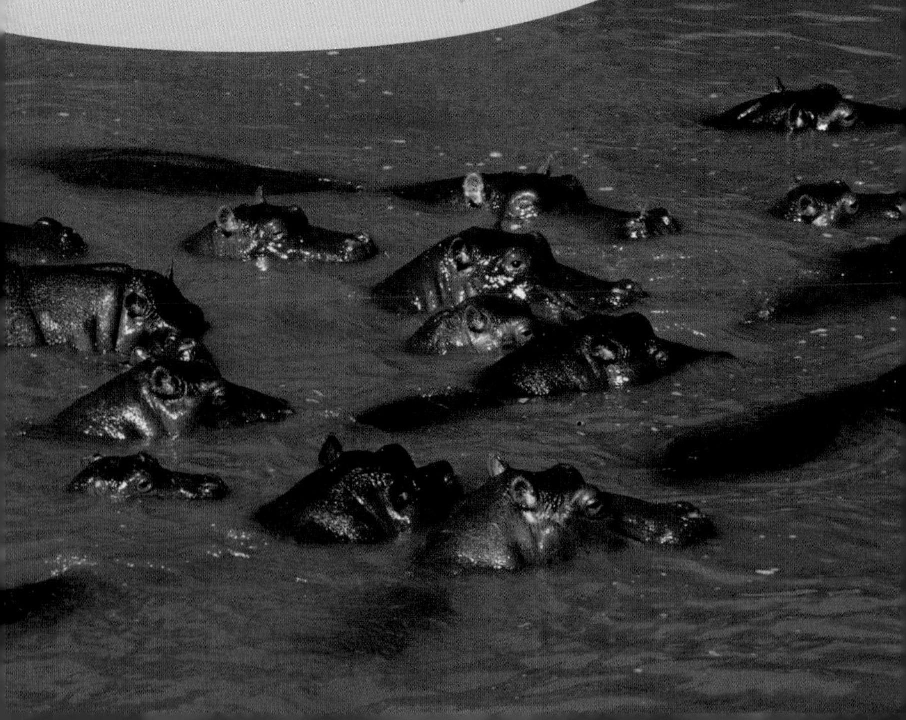

Berta tiene los **orificios nasales** en la parte de arriba del **hocico**.

Los hipopótamos pueden estar bajo el agua por mucho tiempo, asomando sólo la cabeza. Y como sus orificios nasales son muy grandes, pueden inhalar mucho aire.

Berta tiene su propio estanque y le gusta estar en el agua durante horas y horas.

Berta ha crecido mucho y ya casi no cabe en su estanque, que es como su bañera. ¿Te imaginas de qué tamaño tendrías que ser para ya no poder caber en tu bañera?

Berta come principalmente pasto,
y tiene que **pastar** mucho para satisfacer su apetito. Berta come unos 30 libras (15 kg) de alimento al día.
¡Eso es lo que pesan 60 hamburguesas!

Mientras come, Berta está cerca del agua por si necesita refrescarse.

3. Una nueva familia

Berta vive en un **orfanato** para animales llamado Chimfunshi, en Zambia.
Allí es donde Sheila trabaja.

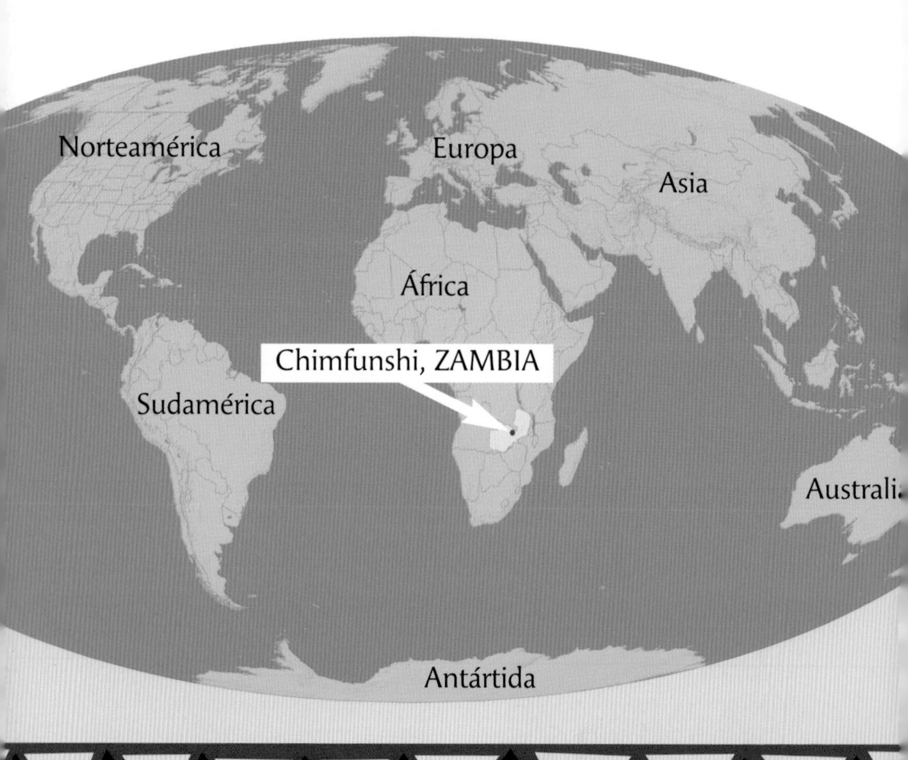

La gente lleva toda clase de animales a Chimfunshi para que Sheila los cuide. Así fue como Berta llegó aquí.

Sheila cuida alrededor de 100 chimpancés. Los chimpancés eran huérfanos cuando llegaron a vivir a Chimfunshi. Pero Sheila, Berta y los demás animales se convirtieron en su nueva familia.

4. La pequeña Berta

¿De dónde vino Berta?
Berta tenía sólo tres días de nacida,
cuando unas personas la encontraron.
Habían matado a su mamá y como ella
estaba sola, la llevaron al orfanato.
Así, Sheila se convirtió en la mamá
de Berta.

Sheila le preparaba a Berta sus biberones. Y aunque Berta no los tomaba al principio, pronto aprendió que Sheila era su nueva madre.

Entonces, Berta empezó a tomar tres ENORMES biberones de leche al día.

Todas las noches, Sheila se recostaba junto a Berta para que no se sintiera tan sola.

Berta se acostumbró tanto a Sheila,
que la seguía a todos lados.

En la noche, Berta se echaba
en el sillón de Sheila,
a ver la televisión.

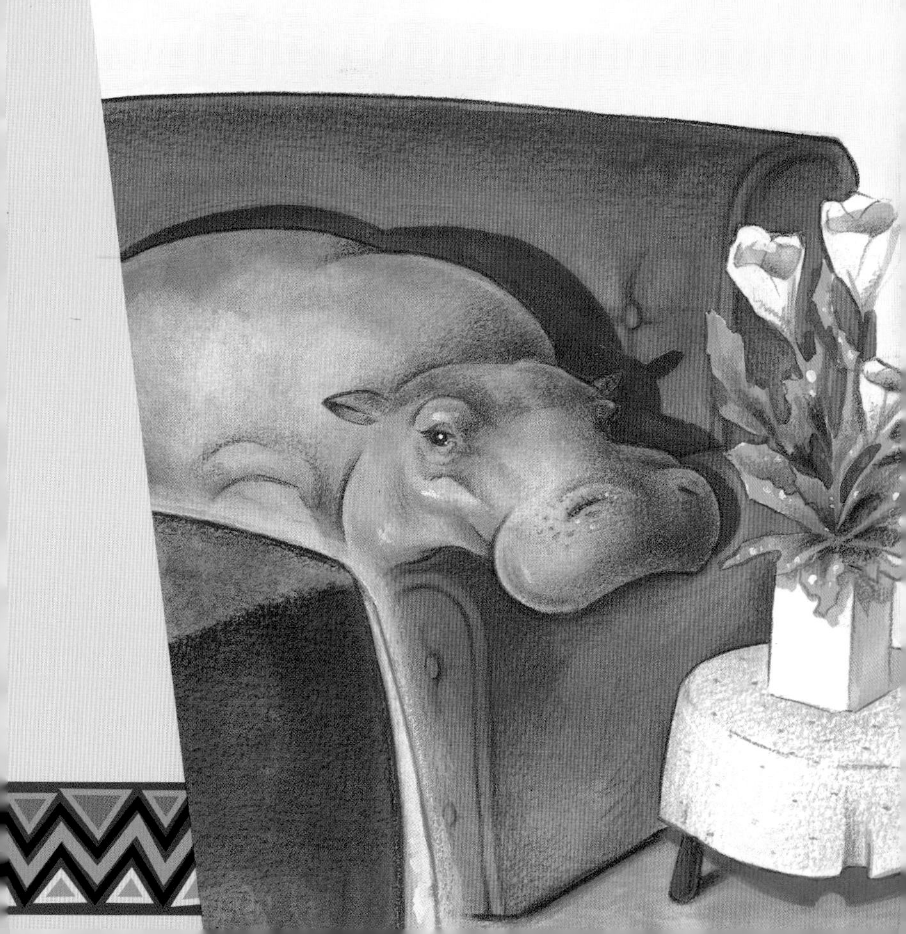

Pronto, Berta ya no podía echarse
en el sillón y empezó a echarse en el piso.
Pero después ya tampoco cabía en el piso.

Siempre que Berta trataba de dar la vuelta, tiraba los muebles o los adornos.

Sheila entendió entonces que Berta ya era demasiado grande, como para estar adentro de la casa.

Ahora Berta tiene 8 años. Le gustaría poder entrar a la casa de Sheila, pero ya ni siquiera cabe por la puerta. Cada vez que trata de entrar, ¡toda la casa se tambalea!

5. Berta es grande y fuerte

A Berta le encanta estar cerca de la gente, porque ha sido parte de la familia de Sheila desde pequeña.

Pero Berta no se da cuenta de la fuerza que tiene.

Una vez, volteó muy rápido y con la cabeza le pegó a Sheila y le rompió la muñeca.

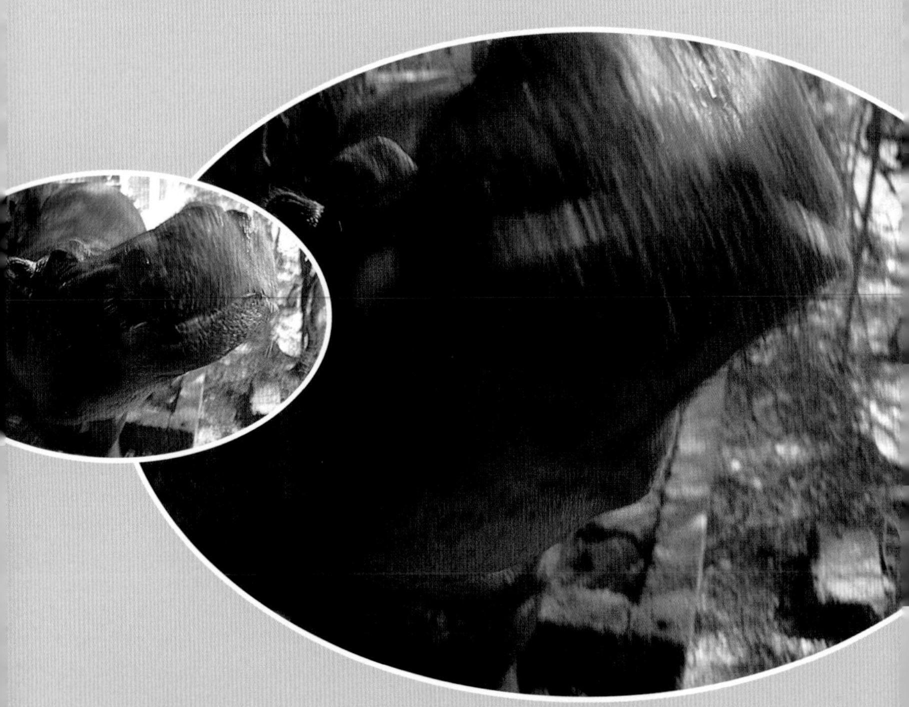

Sheila sabe que Berta no quería lastimarla. Pero ahora es muy cuidadosa cuando está cerca de ella.

Berta ha comenzado a andar sola y a veces, se desaparece hasta por dos semanas.

Sheila piensa que Berta anda con otros hipopótamos. Los hipopótamos viven en **manadas** y les gusta estar con su familia y sus amigos, igual que a las personas.

Cuando Berta se va, Sheila la busca en el Río Kafue. Sheila espera verla con otros hipopótamos, ya sea nadando en el río o pastando en las **planicies** llenas de pastizales. Sheila quiere que Berta aprenda a convivir con otros hipopótamos.

6. Un hipopótamo feliz

Aunque Berta sale mucho de paseo, siempre regresa a su casa con Sheila.

Para Berta, Sheila es y será siempre su madre. Además, le gusta que Sheila la cuide.

Pero Sheila también quiere que algún día Berta tenga crías. ¿Crees que entonces Berta quiera meter a sus crías a la casa de Sheila, para que vean la televisión?